ADVERTISSEMENT

à Meſsieurs les Gouuerneurs &
Adminiſtrateurs du grand Ho-
ſtel-Dieu de Paris , tant du Spi-
rituel que Temporel.

MESSIEVRS,

On m'a mis entre les mains vn
certain Aduis, qui vous auoit eſté
donné par vn homme malade,
mais qui auoit l'eſprit bien ſain, touchant
quelques deſordres qui ſe gliſſent inſenſi-
blement dans l'Hoſtel-Dieu, l'ayant leu &
releu, i'ay trouué eſtrange (comme le premier Chapitre de France) qui a droit d'eſta-
blir en ce lieu vn grand Maiſtre pour le
Spirituel, ſe ſoit tant oublié que de choiſir
vne perſonne qui a l'eſprit de nouueauté
dans vn corps caſſé plus de maladie que de
vieilleſſe, qui ne peuſt plus marcher pour
auoir trop couru , ayant eſté battu de la

A

pluye dans le monde (on m'a dit) que chan-
geant de condition auec esperance d'es-
pouser vne meilleure fortune, il n'a peu si
bien essuyer les disgraces de sa ieunesse,
qu'il ne soit encores mouette & tout suant
par fois de quelque goutte, ce qui luy donne loisir de mediter & exercer dans ses incommoditez le conseil des faineants, qui
soubs pretexte d'vne longue oraison deuo-
rent les maisons des veufues, comme par
vn surcroist de pieté, il veut ruyner celle de
Dieu, le Diable se reuestit en Ange de lu-
miere, soubs couleur de zele il empesche
vne bonne action, il sçait dans la reforme
faire couler la desbauche, la retenuë par son
artifice, est bien souuent libertine par les
appasts d'vne perfection affectée, il destour-
ne les esprits de leur deuoir, en fin c'est vn
Alchimiste qui faict de la fausse monnoye
qui peut auoir quelque cours en ce monde
parmy les Marchands qui ne se recognois-
sent pas au trafic que l'on faict en l'autre.

Ce Chapitre sçait fort bien conseruer ce
qui est de l'ancienneté lors qu'il y va de ses
interests, il l'a resmoigné par vne deuotion
extraordinaire, vn Mercredy des Cendres
qu'il fist celebrer plus de Messes haultes
qu'on n'en chante en vne sepmaine, s'oppo-

sant à l'vsurpation que Monsieur de Paris vouloit faire de leurs droicts, touchant l'establissement des Predicateurs en leur Eglise, c'estoit le Frere Bonnal Cordelier qu'on mist en jeu contr'eux, qui ne fust iamais si long temps en chaire sans dire mot, Autre qu'vn Religieux ne pouuoit auoir la hardiesse d'entreprēdre sur vn si puissant corps, il n'est pas possible que les Ecclesiastiques soiēt en dispute, qu'il ny aye vn Moyne entre deux, cōme il est tres-asseuré que les œuures de charité ne sont combatuës que par ceux qui font semblant de cherir ceste vertu.

Ces Messieurs estans ainsi ialoux pour entretenir leurs anciennes coustumes, & marcher sur les pas de leurs ancestres, sans auoir esgard ny à l'authorité, ny au merite de ceux qui les veulent redresser, ne sçauroient trouuer mauuais que vous les imitiez dans l'administration du Temporel de l'Hostel-Dieu, empeschant la cessation des trauaux ordinaires, & destruisant les loix qui sont incommodes aux malades, donnant trop de repos à ceux qui en doiuent auoir soing.

Ainsi vous ne souffrirez pas vn Nouitiat dans la retraitte & solitude, à des filles qui

font profession de viure dans le trauail d'v-
ne charité, qui est attachée par vœu au sou-
lagement des miserables, les obiects qui
meritent la pitié estãs ostez de deuant nous,
la compassion diminuë, les esprits humains
sont sensibles, ils sont blessez par la veuë, &
le mal estant contagieux de sa nature tou-
che le cœur quand on le manie auec la main.
Pleust-il à Dieu de paroistre en la personne
de châque malade aux yeux de ceux qui les
visitent, comme soubs le portraict d'vn pe-
lerin, il s'est trouué à la table de S. Gregoire,
& soubs la posture d'vn pauure manchot
tout nud, il s'est monstré à S. Martin soldat,
lors qu'il receut par aumosne la moytié de
son manteau, les moindres voudroiẽt auoir
l'honneur de le secourir, il y auroit de la
presse à s'employer auec affection à son ser-
uice, on ne se contenteroit pas de luy donner vn seul repas, ny la moitié d'vn mãteau,
nous n'aurions rien qui ne fust à luy non
plus que nous, & trouuerrions tres-mauuais
si quelqu'vn (fust-ce vn Ange) taschoit d'é-
loigner nostre esprit de cét objeçt.

La foy peut transporter les montagnes,
mais plus aisément depuis que le Verbe s'est
faiçt chair & a espousé les infirmitez de cet-
ture, iusques à prẽdre la qualité d'hom-

me de douleur & de sçauant en ce triste exercice, elle peut le faire descendre du Ciel & le representer sur le front des affligez, ainsi ce lis sera la croix, les humeurs dans l'inegalité excessiue qui cause la douleur, les bourreaux & à ces ames impitoyables qui s'efforcent de destourner ailleurs mes pensées, ie les tiendrois pour Pharisiēs ou Iuifs, qui cherchent Dieu là où ils ne sont pas asseurez de le rencontrer, & perdent l'occasion de le voir & de le seruir dans la tribulation en laquelle il accompagne tousjours les malades.

On dit que ce n'est que pour vn temps: & qu'il faut quelquesfois quitter Dieu pour Dieu, c'est vne distinction bien delicate, que i'oserois quasi appeller vn blaspheme de la deuotion du tēps, Dieu ne se partage point, il est indiuisible, on ne le peut quitter pour peu, qui l'abandonne est asseuré de sa perte, les esprits meditatifs ne sçauent d'ordinaire ce qu'ils disent, non plus que ce qu'ils pensent, la pluspart de leurs lumieres sont obscures, leurs cognoissances sont incertaines, En fin leurs plus grandes clartez si elles sont veritables doiuent allumer le feu d'amour dans leur poitrine, qui ne peut brusler sans les œuures de charité, lesquelles s'accom-

A iij

pliſſent au ſeruice des pauures auec toute
l'eſtenduë de leur perfection, ainſi il eſt tres-
euident que les ames Religieuſes trouuent
dans ce trauail l'effect de leur meditation, &
il eſt douteux, ſi le repos de ſes grandes ſpe-
culations ne les diuertira point de cette ſain-
te pratique.

On a promis de me faire voir vne copie
de certains exercices que ce Reuerend Maiſtre a tracez pour ſeruir de dreſſiere aux eſprits Nouices, ie vous le communiqueray
dés auſſi-toſt que ie l'auray, auec quelques
remarques ſur les deffaults qui y ſont peut-
eſtre plus drus que les lignes. Chacun for-
ge en ce temps la deuotion à ſa mode, i'oſe-
rois dire qu'elle eſt plus bigarrée que les ha-
bits, & ſi c'eſt le chemin du Ciel il y en a
plus d'vn, hors Grenade, Thomas à Kem-
pis, & Frãçois de Sales, ie n'en ſçache point
qui ne ſoient ſujets à cenſure; encores le
dernier me ſemble bien delicat & humain,
il a iette la pomme de diſſentiõ entre les Ec-
cleſiaſtiques & les Moynes qui s'eſtiment
immobiles dans le bien, & veulent, quoy
qu'il couſte, que toute la perfection Chre-
ſtienne ſoit renfermée ſoubs leur habit, auſſi bien que leurs ordures, ils ſont hors du
monde, & ne peuuent bien viure ſans luy,

leurs diſciplines font ruiſſeler le ſang de leur dos, ou de leurs feſſes, pour accomplir ce qu'il manque au rachapt des ames mondaines, qu'ils obligent en ceſte conſideratió à les nourrir, & par cónſequent les tirer hors de leur vœu, & les empeſcher de ſouffrir pauureté, ce ſont les penſées de Frere Yues Capucin, que i'approuuerois s'il les pouuoit faire trouuer bonnes à Monſieur du Bellay, meſmes s'il les debitoit ſans comparaiſons qui ſeruent de fard aux eſcriuains qui veulent déguiſer le menſonge, la comparaiſon eſtourdit l'eſprit, & dans la multitude des choſes repreſentées l'empeſche d'apperceuoir la verité, le Diable n'euſt iamais trompé Eue s'il ne ſe fuſt ſeruy de cét artifice.

Ie m'eſcarte de mon deſſein, & parlant de l'Hoſtel-Dieu ie ne doibs point meſpriſer les pauures, auſſi ne ferois-ie pas ſi les vns n'eſtoient trop à leur aiſe dans la neceſſité, & ce ſeroit vn grand bien & repos pour le public ſi toute la gueuſerie & mendicité eſtoit en regle, il n'y auroit aucun mandiant qui ne nous obligeaſt à ſalut, & les Dames à la reuerence, ie le ſouhaitterois, m'en deuſt-il couſter vn chapeau de plus par an, afin que ce qui eſt vice fuſt eſtimé vertu, & que la pauureté ſe rencontraſt ſeulement parmy les Sainᶜts.

Ie reuiens à la reforme , qui consiste à
trouuer moyen de dresser vne communauté independāte de vostre soing , c'est à quoy
on trauaille sans vostre adueu , par des
moyens qui ne peuuent estre loisibles n'e-
stans point authorisez. Les filles, dit on, qui
ont eu le gouuernement de quelques malades parmy la Ville , ne rapportent en com-
mun pour l'ordinaire que la moitié de ce
que les personnes de moyenne condition
auoient coustume de donner à la Maison,
tout ce que les parens leur enuoyent est
mis en reserue. En fin la mesnagerie si exer-
ce auec finesse, que ie ne die larcin, les Filles
ne pouuant rien retenir sans crime pour
amasser dequoy mettre le premier fonde-
ment de ce pretendu Nouitiat.

Il y en a qui s'imaginent que cette pre-
uoyance fournist à la despense de ce nouueau Maistre, auquel vous auez retranché
la pitance de si prés , qu'il luy seroit impossi-
ble sans faire desieusnes par contrainte de
satisfaire à sept bouches qui sont iournelle-
ment à sa table, ou bien pour entretenir certains espions qu'il introduit dans la Maison,
afin de luy faire rapport de toutes les actiōs
des Officiers, contre lesquels il a vne hayne
irreconciliable , comme il tesmoigne en
toutes ses actions.   Le

Le Maiſtre des enfans n'a peu s'exem=
pter de ſa diſgrace, quoy qu'il euſt bien me-
rité ſa faueur, luy ayant enſeigné à dire le
Breuiaire, vn autre garçon qui ſeruoit dans
la Communauté des Chappelains , a eſté
chaſſé pour n'auoir pas voulu ſe ſoubſmet-
tre à luy declarer tout ce qui ſe paſſoit en
leur aſſemblée , il luy a offert de l'argent
pour le ſeduire & l'obliger à rendre ce mauuais ſeruice à ſes Maiſtres. Toute ſa proce-
dure eſt pleine de curioſité maligne, il vou-
droit ſçauoir les deffauts d'autruy pour
auoir occaſion de les reprendre, & non pas
de les corriger.

Il a enſeigné ceſte ſcience à la Maiſtreſſe
des Nouices, qui eſt vn eſprit hagard, om-
brageux, hautain, & aſpirant à commander:
ſi vous feuilletés vos Regiſtres, ou ſi vous
prenez la peine de rappeller vos memoires,
vous trouuerez vne infinité de plaintes que
on vous a faictes des cruautés & rigueurs
exercées contre les malades de l'Hoſtel-
Dieu de Sainct Louys, où elle a eſté du têps
des grâdes contagions, elle met à la gehen-
ne les eſprits des Nouices lors qu'elles
vôt dire leur coulpe, les interroge, les preſ-
ſe & quand elles ne reſpondent pas ſuiuant
ſon ſens, & conformement à ſes preiugez,

qu'elle tient pour oracles, au lieu de benedi-
ctions, elle leur donne des dementis, & les
accable d'iniures, les actions qui sont indif-
ferentes, elle les explique criminellement,
prenant l'ordre de bien ou de mal viure des
inclinations qui la poussent à malfaire, elle
s'imagine que dans les occasiōs qui la pour-
ront seduire, les esprits des autres ne peuuent estre innocens.

Hors le Tribunal de Confession, les deffauts qui se descouurent par la propre bou-
che des ames religieuses, doiuent estre fort
legeres, autrement ils seroient scandaleux,
& leueroient la bonne opinion qu'elles sont
tenuës d'auoir les vnes des autres. Ie ne puis
admirer assez la prouidence de Dieu, de s'e-
stre ruseruë le secret de nos pensées, & n'a-
uoir pas permis que chacun les cognoisse,
comme nos actions & nos paroles, la malice
des hommes eust esté plus contagieuse, vn
mauuais dessein en eust bien-tost fait esclo-
re vn pareil dans l'ame de celuy qui l'eust
recogneu; ceste communication de pensées
a peuplé l'enfer d'Anges, & si l'on les apper-
ceuoit, on verroit bien souuent vne ame
profane sous vn habit sainct, & des impure-
tés dans le cœur de celles qui pleurent eau
beniste, qui a le Crucifix dans le port, & la

mine ne l'a pas touſiours dans la penſée.

C'eſt vne aſſez grande humiliation & re-
cognoiſſance de baſſeſſe quand l'ame reli-
gieuſe s'accuſe d'eſtre coupable en general
deuant les Superieurs, elle n'eſt point obli-
gée de rien ſpecifier, ſi ce n'eſt de ſes imper-
fections, dans leſquels le iuſte tombe ſept
fois le iour, qui à vray dire pourroient donner de l'orgueil à l'eſprit, s'il n'eſtoit preoccupé de plus grādes iniquités, ou en vne ex-
treme crainte & frayeur d'y tomber, s'il
eſtoit deſtitué de la grace de Dieu, de laquelle nous voyons plus l'aſſiſtance que
nous ne la reſſentons : c'eſt vn threſor qui
n'eſt point recogneu par ceux qui le poſſe-
dent, c'eſt vne force qui n'a pas de vigueur
ſenſible, perſonne ne ſçait s'il eſt agreable
ou de rebut, & dans ceſte incertitude, il faut
employer le temps pour operer noſtre ſalut par les actions de charité, nous confiant
en la miſericorde eternelle, qui recompenſe
les œuures des ſeruiteurs de Dieu au delà
de ce qu'ils meritent.

Il y a vn complot pris pour paruenir à ce
chāgemēt tāt deſiré, qu'ıs appelle reforme,
on veut oſter par honneur la Mere Prieure
de ſa charge, on luy veut donner du repos,
ſa vieilleſſe la doit diſpenſer du trauail, qui

est attaché à l'adignité de ceux qui commã-
dent, l'aage la rend trop pesante & incapa-
ble d'auoir les mouuemens assez soudains
& prompts pour veiller sur tant de Religieuses, son corps & son esprit semblêt estre
de l'ancienne loy, elle n'est pas esclairée des
lumieres du temps, sa deuotion & ses dire-
ctions sont hors d'vsage, ses discours tien-
nent de la resuerie, & ses commandemens
sont sans ordre. Les ieunes Religieuses de
ceste caballe en font des contes, & prennent
plaisir d'accuser la foiblesse de son iugemêt
pour couurir leur desobeissance apparante,
& auoir subiect de la deposseder par cet artifice.

On veut establir à sa place la Sousprieu-
re, qui est bien aise de bailler vn coup de
pied à celle qui la precede, afin d'estre la
premiere, le desir de commãder fait oublier
le respect, il viole les deuoirs les plus iustes,
& par des tours de souplesse & de malice
raffinée, se sert du manteau de la vertu & de
choses sainctes pour paruenir à la grandeur:
ainsi l'humilité de maintenant est orgueil-
leuse, l'impieté est dans la Religion, le voy-
le du Sanctuaire couure les Idoles, & l'abo-
mination desole & profane les Autels par
des mains benites, & des esprits qui adorent

leurs ſentimens.

En ſuite on pretend auancer la Maiſtreſſe des Nouices à la faire ſouſprieure, ſi l'o-
beïſſance qu'elle doit à ſes Superieurs, ne
doré tellemēt la pillule qu'elle l'aualle ſans
la gouſter. Ie croy qu'elle en mourra de deſ-
plaiſir, la grandeur de ſon humilité eſt inte-
reſſée dans les aduantage, neantmoins les
elections ſe faiſant par l'inſtinct & mouue-
ment du S. Eſprit pour ne ſe rendre point
contraire aux deſſeins que le Ciel a projet-
té ſur la ſainĉteté de ſa vie pour la conſacrer
à la direĉtiõ d'autruy, elle ne refuſera point
ce qu'elle proteſte n'auoir iamais deſiré, ſi
ce n'eſt pour la conuerſion d'vne bonne
Sœur, laquelle auoit la volonté eſloi-
gnée de ceſte reforme, & auec opiniaſtre-
té naturelle à ce ſexe, qui a plus de teſte que
d'eſprit, s'oppoſoit au nouuel ordre, à qui elle cedera de bon cœur ſa place, ſe perſuadãt
que ceſte qualité luy ſeruira de motif pour
la rendre zelée & affeĉtionnée à l'aduance-
ment de ceſte communauté pretenduë.

Il y a encores des Religieuſes à qui l'ha-
leine & l'air des malades donneut les paſles
couleurs, la penſée de la mort qui leur vient
du mal d'autruy les tranſit, elles out l'eſprit
fort doüillet & tres-propre à la meditation,

on leur promet de trouuer des offices en la
maifon conformes à leur humeur, on fera
vn referuoir de toutes les nippes qui feruent
aux malades, elles auront foin feulement de
les mettre en ordre & de les racommoder,
par ce trauail qui defpend du fil & de l'ef-
guille, elles feront difpenfées de mettre la
main fur les objects que leur quatriefme
vœu leur doit rendre autant aimables que
la delicateffe de leur naturel les en def-
goute.

Tout cela fe trame par la direction de ce
nouueau legiflateur, qui eft fort agreable à
ces ames deuotes, parce qu'il prend la peine de les vifiter les aprefdifnées, & les entretenir de difcours friuoles, inutiles, &
vains, capables de leur bailler des penfées
bien efloignées de leurs vœux, par l'efchan-
tillon, iugez de la piece, recognoiffez le
lyon à l'ongle, & le renard par fes fineffes.
S'eftant vne fois efchauffé dans le recit des
desbauches du temps, les fiennes luy reuin-
drent en memoire, ce qui chatoüilla auec
reffentiment & plaifir les fantafies dont il
auoit eu iadis l'efprit preoccupé, il leur fit
recognoiftre qu'il n'auoit pas efté toufiours
fec & fans mouelle, ou bien que cefte qualité l'auoit obligé à conceuoir des ardeurs &

& des flammes pour vne Damoiselle qui lui auoit donné dans les yeux, qu'il la sollicita par tant de poursuittes & importunités, que pour se deliurer de sa recherche, elle auoit à moitié consenty à sa recherche, & luy l'ayant trouuée dans vn lieu secret, se seroit mis en deuoir d'entreprendre sur son honneur, dequoy il fut empesché par deux autres Damoiselles qui y suruindrent, & eurent plus de force de le retenir de malfaire, que la crainte de Dieu.

Ie n'y adiouste rien, mon discours est defectueux dans ce recit, ses paroles estoient mieux arrangées, les mouuements de son corps y donnoient de la vigueur, & ses regards qui frappant ses faces voilées, que quelques-vnes des plus innocentes ne peurent empescher la couleur de leur monter au visage, & de rougir de ce qu'il permettoit à sa langue de dire impudemment, ce qu'elles ne pouuoient escouter sans interest de leur pudeur.

Ie crois que ce conte fut fait à plaisir, pour leur faire trouuer bon les deffences tresestroittes qu'il leur a faites, & à tous les Officiers de parler par ensemble, ny hors ny dedans le Conuent, à peine pour elles de prison, & aux Officiers de bannissemét. Vil-

le, dit-il, qui parlemente, minute sa reddi-
tion, les pourparlers engendrent la familia-
rité, de là vient la confiance qui donne vne
libre hantise & communication dans laquelle si le lieu secret se rencontre, on peut
estre en danger de commettre des crimes &
des pechez, desquels Dieu a exempté son
innocence par la rencontre soudain & ino-
pinée de deux filles : si vne personne de son
merite, & qui s'est conuerti plus pour le sa-
lut d'autruy que pour le sien, a esté exposé
dans ses perils, tant de ieunesse qui ne peust
estre reglée que soubs sa conduite, qui mar-
che en tenebres sans la participation de ses
lumieres, pourroit-elle viure dans la pure-
té sans le retranchement de toute communication auec personnes de diuers sexes.

Tout cela est bon si ses valets qui ne bou-
gent du Conuent, des Chambres, & du
Dortoir estoient filles, ou pour le moins
que l'artifice où la Chirurgie les eust mis
hors du pouuoir de mal faire, encores l'habit seroit suspect, & leur langage sentiroit le
masle : il estime que luy appartenant ils ne
feront pas pis que le Maistre, il est vray s'ils
auoient les mesmes incommoditez tout
s'en iroit en parolles & desirs, qui sont le
seul plaisir de ceux qui ont erigé l'impuis-
sance en tiltre de vertu.   Vn

Vn bon Religieux qui sert la maison depuis 40. ans n'a peu auoir la liberté de voir sa mere qu'il apelle de Religion, aagee de quatre-vingts ans ou enuiron, tant il est exact dans l'obseruāce de ses volorez. Ie me suis enquis si c'estoit faute d'intelligence par ensemble, & si le Religieux luy auoit demandé ce congé en Latin, d'autant que ce n'est pas sa langue naturelle, de laquelle il a seulement l'vsage, sa capacité ne va pas plus auant, & de fait, vn Prestre cogneu dans la maison pour y auoir seruy, luy demandant en terme de Grammaire Latine, la permission de celebrer la saincte Messe, fut contraint de se faire entendre en François, autrement il l'eut pris pour vn Allemand ou estranger.

Il a vn soing tres-grand de tout ce qui regarde l'estat de la maison, mesmes des malades, particulierement de celles qui ne le sont que par plaisir, les ieunes femmes grosses qui ne sont infirmes que pour auoir eu trop de santé. La prudence d'vn homme ne doit point entreprendre sur l'office des sage femmes, vous auez esté entretenus de ceste histoire dans vostre Bureau, voyez si ie la rapporte auec fidelité.

Deux Dames qui ont la mine, l'habit, le discours & la posture de deuotes, se transportérent charitablement à l'hostel Dieu, pour supplier la Dame religieuse qui a soing des accouchées, & la sage femme qui en a la conduite, de vouloir admettre dans leur office vne ieune Damoiselle que ie ne cognois, ny de visage, ny de nom, qui estoit grosse comme elle disoit de quatre ou cinq mois pour tenir à couuert son hôneur, auoir soing de son fruict, & la soulager dans les incommodités de sa couche, & qu'en recompense elles dôneroient de l'argent à la maison, on leur fait responce qu'on n'en reçoit point si esloignées de leur terme ; qu'il faut qu'elles soient à trois sepmaines pres d'iceluy, qu'on ne prend point de pensionnaires à l'hostel Dieu : Neantmoins qu'elles se deuoient adresser à Messieurs du Bureau qui pouuoient dispenser de ceste loy, & faire quelque chose en sa faueur, pourueu que leur liberalité se portast à donner trente ou quarante escus pour le long sejour qu'elle y auoit à faire, & à la descharge de la maison, on leur promit de vous en aduertir, comme l'on fit, surquoy vous commandâtes à la sage femme de ne la point receuoir qu'elle ne se fust presétée au Bureau, le iour d'iceluy n'estant pas si proche qu'elles desiroiẽt, ou plustost esmeuës de la proposition

qui leur auoit esté faicte, ces Dames chari-
tables entrerent en impatience, & ce delay
qui estoit demandé par deuoir leur semblant vn honneste refus, leur donna la pen-
sée de s'adresser à Mr le Maistre, ce qu'elles
firent auec des reuerences ajustées à la sain-
cteté accompagnées de paroles de soye, &
d'vn maintiẽ formé à la modestie, luy faisãt
cognoistre la faute d'autruy, elles en chan-
gerent de couleur & tesmoignerent vne pu-
reté toute innocente dans le recit du crime
d'vne fille abusée, pour laquelle elles de-
mandent l'aide & le secours de sa bonté, il
le coniurent de contribuer son authorité,
à la faire receuoir, qu'elle n'aura iamais la
hardiesse de paroistre deuant ses Messieurs;
tellement qu'vne telle ceremonie estoit suf-
fisante de la mettre au desespoir, ces con-
siderations & sa naïueté de tant de soufmis-
sions emporterent l'esprit de ce nouueau
Legislateur à violer les coustumes, & à
commander à l'instant à la Religieuse Dame de ceste office de la vouloir receuoir
soubs peine de desobeïssance, la sage femme si opposé, sur ce refus il insiste, la me-
nace de prison & de son congé, la veut pous-
ser dehors, luy dit des paroles iniurieuses
mais en vain, l'obstination qui est vitieuse

à ce sexe ; fust-vertu en celle-icy. Qui luy re-
pliqua sans s'esmouuoir auec toute sorte de
respect, qu'il entreprend sur voftre authorité, & que le fait d'vne femme groffe ne
doit point estre comprins dans l'administration du Spirituel, que c'est voftre partage,
que lors qu'il n'anticiperapas sur vous, elle
luy rendra toute obeiffance ; qu'il doit estre
reglé en fa charge, enfin que c'est mettre
tout en defordre & confufion, de vouloir
empieter sur vos droicts.

Il fut fort esmeu de ce refus, neantmoins
on n'euft pas estimé qu'il euft esté en chole-
re, si quelques iours apres ayant fait affem-
bler les Religieufes, il n'euft pris occasion
de chaffer cefte fage femme, pour des plaintes fort legeres que firent contre elle deux
ou trois Religieufes apoftées fur ce fubiet,
elles n'euffent iamais eu la volonté de luy
nuire, s'ils n'euffent efté portées & inuitées
par fes interefts, auquel il veut & entend
qu'elles foient auffi eftroitement obligées
qu'à l'obferuance de leur regle.

Il la tefmoigne n'ayant peu chaffer la fage femme, qui a esté maintenuë par voftre
autorité, son foudre eftoit trop puiffant il ne
pouuoit estre euité, sa colere qui ne s'efmeut
iamais fans effect, est tombée fur la tefte d'v-

ne innocente: la Religieuse qui auoit chargé de l'office des accouchées, en a esté acca-blée & mise hors de son office, pour en in-troduire à sa place deux de sa caballe, ce qu'il a fait, lesquelles sont desia criminelles dans le dessein qu'elles ont de destourner hors de vostre cognoissance, les deniers qu'elles receuront dans ceste charge pour estre employés à ce qui sera ordonné par ce nouueau Legislateur, & n'oseroient y auoir manqué sans encourir sa disgrace, qui est plus insupportable que l'Enfer.

Pour telles procedures plaines de ri-gueur, il donne de la crainte aux esprits qui ne veulent point releuer entierement de luy: les Religieuses qui vous auoient fait quelque plainte ont esté mises en prison, les valets qui n'ont voulu condescendre à ses desseins ont esté chassez: le Medecin n'a peu iusques icy trouuer de remede pour se ga-rantir de son indiscretion, le Chirurgien n'a point de Theriaque assés bien preparé pour se preseruer de son venin: il a dit à la sage femme qu'elle estoit excommuniée, & qu'il luy deffendoit la Communion, si elle ne luy obeïssoit: vn cheual la fait cabrer contre vn autre officier, i'estime que les mouches luy desplaisent en Esté, & le froid en hyuer, tant il est bigearre.

Enfin il estime que rien ne peut subsister hors de sa conduite, & sans vser d'authorité supreme, il le faict sçauoir en termes fort souuerains, disant que puis qu'il a la puissance de faire descendre Dieu du ciel, qu'il aura bien le pouuoir de faire adherer les hommes à ces bons desseins, & que si on luy resiste, il vsera de chastiment & qu'il n'espargnera personne, non plus qu'à fait le Roy Monsieur de Montmorency: Prenez garde Messieurs, qu'il ne fasse descendre Dieu du ciel armé de ces foudres, ou que vous estimant criminels de sa Majesté lezée, il ne joüe à couppe teste, pour moy ie me retire sans dire mot, de peur d'estre immolé à sa colere.